AF603600

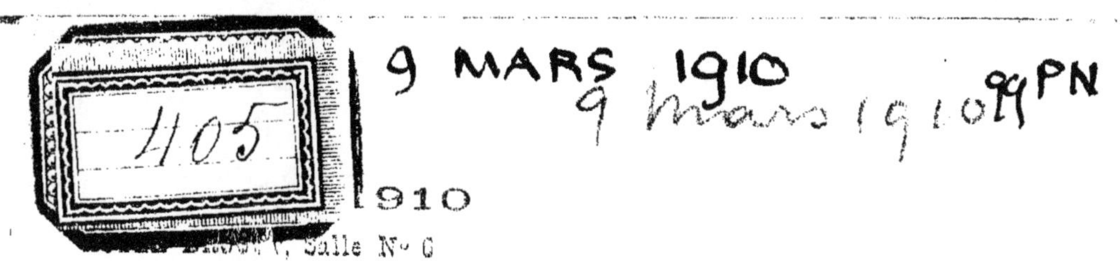

TABLEAUX

ANCIENS

ET

PASTELS

COMMISSAIRE-PRISEUR

Me LAIR-DUBREUIL

EXPERT

M. HENRI HARO

CATALOGUE

DE

TABLEAUX

ANCIENS

ET PASTELS

PAR OU ATTRIBUÉS A

BERCHEM, BOUCHER, CANALETTO, CONSTABLE
COYPEL, DESPORTES, DROUAIS, GAINSBOROUGH, GOYEN (VAN)
GRIMOU, HEEMSKERK, LOUTHERBOURG
MIEREVELT, RAVESTEIN, RENI (GUIDO), RIBERA
TOCQUÉ, ETC.

DONT LA VENTE AURA LIEU

HOTEL DROUOT, SALLE N° 6

Le Mercredi 9 Mars 1910

à 2 heures 1/2

COMMISSAIRE-PRISEUR	PEINTRE-EXPERT
Me LAIR-DUBREUIL	**M. HENRI HARO**
6, rue Favart, 6	14, rue Visconti, et rue Bonaparte, 20

EXPOSITION PUBLIQUE

Le Mardi 8 Mars 1910, de 1 heure 1/2 à 6 heures

Ce Catalogue se distribue à Paris :

Chez Me Lair-Dubreuil, commissaire-priseur, *6, rue Favart.*

Chez M. Henri Haro, peintre-expert, *14, rue Visconti, et rue Bonaparte, 20.*

CONDITIONS DE LA VENTE

La vente sera faite au comptant.

Les acquéreurs paieront *dix pour cent* en sus des enchères.

Paris. — Imp. Georges Petit, 12, rue Godot-de-Mauroi. — 20237-09.

Tableaux Anciens

BERCHEM

1 — *Bétail au pâturage.*

Bois. Haut., 25 cent.; larg., 28 cent.

BERCHEM (?)

2 — *Paysage champêtre.*

Au bord de la rivière, adossé à un arbre, le jeune berger courtise la bergère assise à ses pieds. Près d'eux, le chien surveille le troupeau.

Toile. Haut., 77 cent.; larg., 95 cent.

BLES (Attribué à **Met de**)

3 — *Saint Jérôme.*

Bois. Haut., 30 cent.; larg., 22 cent.

BOUCHER (Attribué à)

4 — *Rêverie.*

Une jeune bergère est assise dans le feuillage et songe. Elle est vêtue d'une jupe rouge et d'un corsage bleu ; sa chemise entr'ouverte laisse voir la naissance d'un sein. Une chèvre est à sa droite et, à ses pieds, une corbeille de fleurs.

Toile. Haut., 57 cent. ; larg., 46 cent.

BOUCHER (École de)

5 — *Jeune fille dans un paysage.*

Toile. Haut., 50 cent. ; larg., 46 cent.

Cadre bois sculpté.

BREUGHEL (École de)

6 — *La Vierge et l'Enfant-Jésus.*

Bois. Haut., 48 cent. ; larg., 65 cent.

CLAES (Attribué à **Peter**)

7 — *Nature morte.*

Sur une table, on voit un crabe, un pot de bière, un morceau de pain et quelques restes dans une assiette.

Bois. Haut., 50 cent. ; larg., 65 cent.

CANALETTO (?)

8 — *Un coin de Venise.*

Au premier plan, au centre d'une place, la statue monumentale de Coleoni à cheval; plus loin, une église, puis un palais; à gauche, coule le canal sillonné de gondoles; sur les quais, des groupes de personnages se promènent.

Toile. Haut., 58 cent.; larg., 91 cent.

DUJARDIN (Carl) ?

9 — *Paysage, figures et animaux.*

Pendant que sa femme est en train de distraire son enfant, le fermier trait une vache; autour de lui, repose son troupeau; au fond, quelques montagnes bordent l'horizon.

Toile. Haut., 77 cent.; larg., 94 cent.

CONSTABLE

10 — *Le Barrage.*

Bois. Haut., 16 cent.; larg., 19 cent.

COYPEL

11 — *Vénus et Adonis.*

Au moment où Adonis part à la chasse, Vénus et l'Amour font tous leurs efforts pour le retenir.

Toile. Haut., 88 cent.; larg., 68 cent.

COYPEL

12 — *Mercure confiant Bacchus aux Hyades.*

Toile. Haut., 72 cent.; larg., 88 cent.

COYPEL

13 — *Sacrifice d'Iphigénie.*

Au moment où Iphigénie va être immolée, Diane l'emporte et met une biche à sa place. A gauche, Agamemnon se détourne pour ne pas voir la mort de sa fille.

Toile. Haut., 1 m. 34; larg., 98 cent.

DESPORTES

14 — *Sanglier aux abois.*

Cerné de toutes parts, un sanglier se défend contre toute une meute de chiens. Deux de ceux-ci se tordent à terre, blessés par lui, un troisième le mord furieusement à l'oreille, tandis que d'autres bondissent à la rescousse. A gauche, quelques arbres ferment le paysage, tandis qu'à droite s'étend une plaine bordée, au fond, par quelques collines.

Signé à gauche.

Toile. Haut., 89 cent.; larg., 1 m. 16.

DROUAIS (École de)

15 — *Portrait présumé de Mme Favart.*

Elle est représentée jouant de la vielle ; la tête, vue de face, est couverte d'un fichu de dentelle noire ; sa robe brune est légèrement décolletée; elle semble satisfaite des accords tirés de son instrument dont elle tourne la manivelle. A gauche, une glace reflète son profil.

Toile. Haut., 98 cent.; larg., 79 cent.

DROUAIS (École de)

16 — *Portrait de femme.*

Assise sur un grand canapé rouge, elle tient un livre entre ses mains. Elle est vêtue d'une chatoyante robe bleu ciel garnie de légères dentelles.

Toile. Haut., 86 cent.; larg., 69 cent.

DUGHET (Gaspard)
dit Guaspre POUSSIN

17 — *Le Pont rustique.*

Au premier plan, un berger, accompagné de son troupeau passant sur un petit pont de pierre, rencontre une jeune femme portant un paquet sur sa tête. Derrière, un superbe paysage ; à droite, une ville antique s'étage sur la colline ; au fond, un volcan se dessine dans l'atmosphère bleuâtre.

Toile ovale. Haut., 1 m. 22 ; larg., 1 m. 47.

EECKHOUT (Van)

18 — *Le Marchand de poisson.*

En bas, on lit : *Ex tempore amore fecit Johannes Baptus Van Eeckhout, a. 1787.*

Bois. Haut., 55 cent. ; larg., 53 cent.

ÉCOLE ALLEMANDE

19 — *Portrait de Charles-Quint.*

Il est représenté assis devant une table sur laquelle il pose ses mains gantées, dont l'une tient un livre.

Bois. Haut., 62 cent. ; larg., 47 cent.

ÉCOLE ESPAGNOLE PRIMITIVE

20 — *Retable comprenant trois panneaux.*

Dans le panneau du milieu, sur fond d'or, saint Jean-Baptiste est debout, revêtu d'un manteau bleu à doublure rouge et parements d'or.

Les volets, cintrés du haut, sont divisés chacun en deux compartiments :

A celui de gauche, en haut : Naissance de saint Jean, entouré de plusieurs saintes femmes ; en bas, saint Jean prêchant dans le désert.

A celui de droite, en haut : Saint Jean-Baptiste devant Hérode et, en bas, Salomé tenant la tête de saint Jean-Baptiste.

Les deux panneaux de côté sont cintrés du haut.

Bois. Panneau du milieu.
Haut., 1 m. 93 ; larg., 81 cent.
Panneaux latéraux.
Haut., 1 m. 80 ; larg., 65 cent.

ÉCOLE ESPAGNOLE

21 — *Le Christ devant Pilate.*

Bois. Haut., 44 cent. ; larg., 54 cent.

ÉCOLE ESPAGNOLE

22 — *Ecce Homo.*

Toile. Haut., 60 cent. ; larg., 44 cent.

ÉCOLE FLAMANDE

23 — *L'Adoration des bergers.*

Miniature.

ÉCOLE FLAMANDE

24 — *Combat des Impériaux et des Turcs.*

Bois. Haut., 90 cent.; larg., 1 m. 50.

ÉCOLE FLAMANDE

25 — *Saint Michel terrassant le dragon.*

De chaque côté, un saint et une sainte.

Bois. Haut., 1 m. 48; larg., 1 m. 32.

ÉCOLE FRANÇAISE

26 — *Paysage avec figures.*

Toile. Haut., 60 cent.; larg., 76 cent.

ÉCOLE FRANÇAISE

PENDANT DU PRÉCÉDENT

27 — *Berger et son troupeau.*

Toile. Haut., 60 cent.; larg., 76 cent.

ÉCOLE FRANÇAISE

28 — *La Danse.*

Toile. Haut., 65 cent.; larg., 52 cent.

ECOLE FRANÇAISE

29 — *Le Joueur de flûte.*

Toile. Haut., 42 cent.; larg., 34 cent.

Cadre en bois sculpté.

ÉCOLE FRANÇAISE

30 — *Louis XIII et la reine à la représentation d'une pièce de Richelieu.*

Grisaille.

Bois. Haut., 30 cent.; larg., 40 cent.

ÉCOLE FRANÇAISE

31 — *Portrait de femme.*

Elle est vue jusqu'à mi-corps, un manteau brodé d'or est jeté sur ses épaules et laisse apercevoir son riche corsage blanc.

Toile. Haut., 65 cent.; larg., 56 cent.

Cadre bois sculpté.

ÉCOLE FRANÇAISE

32 — *Portrait de jeune femme.*

Elle est vue de face, vêtue d'un corsage décolleté rouge et coiffée d'un petit chapeau blanc.

Toile ovale. Haut., 63 cent.; larg., 53 cent.

ÉCOLE FRANÇAISE

33 — *Portrait d'homme.*

Il est debout, vu de face. Son bras gauche est appuyé sur une table et tient une tabatière en or. Son habit gris est rejeté en arrière et laisse apercevoir un gilet bleu brodé de galons d'argent.

Toile. Haut., 80 cent.; larg., 64 cent.

Cadre en bois sculpté.

ECOLE FRANÇAISE

34 — *Portrait de Voltaire.*

Derrière, on lit : *Peint par Pierre-Martin Barat, en 1774, à Fernay.*

Pastel.

ÉCOLE HOLLANDAISE

35 — *Départ pour la chasse au faucon.*

Bois. Haut., 93 cent.; larg., 1 m. 37.

ÉCOLE HOLLANDAISE

36 — *Nature morte, poissons.*

Bois. Haut., 55 cent.; larg., 84 cent.

ÉCOLE HOLLANDAISE

37 — *Portrait d'un abbé.*

Toile ovale. Haut., 72 cent. ; larg., 58 cent.

ÉCOLE HOLLANDAISE

38 — *Le Sacrifice à Jupiter.*

Bois. Haut., 66 cent.; larg., 76 cent.

ECOLE ITALIENNE PRIMITIVE

39 — *Josué rencontrant sa fille.*

Bois. Haut., 27 cent.; larg., 38 cent

ECOLE ITALIENNE

40 — *Le Joyeux buveur.*

Toile. Haut., 78 cent.; larg., 59 cent.

GAINSBOROUGH (?)

41 — *Portrait de Mrs. Ayscough.*

Elle est vue de trois quarts, jusqu'à mi-corps. Son regard est noble et assuré; elle porte un corsage de satin blanc; un châle de dentelle noir et une fourrure d'hermine sont jetés sur ses épaules.

Toile. Haut., 76 cent.; larg., 63 cent.

GOYEN (Van)

42 — *Paysage.*

Des collines dominent une prairie; des arbres dénudés et des arbustes silhouettés sur le ciel sont agités par le vent. Deux personnages traversent la plaine. Un oiseau plane dans un ciel nuageux.

Bois. Haut., 17 cent.; larg., 23 cent.

GREUZE (?)

43 — *Le Chagrin.*

La jeune fille, les mains jointes en un geste de supplication, lève les yeux au ciel; de longues boucles blondes retombent éparses sur ses épaules nues.

Toile. Haut., 55 cent.; larg., 44 cent.

Cadre en bois sculpté.

GREUZE (Genre de)

44 — *Le Repas de famille.*

Toile. Haut., 60 cent. ; larg., 73 cent.

GRIMOU

45 — *Le Bouquet.*

Elle est debout, vue de dos, tournant gracieusement la tête, et montrant le bouquet qu'elle tient à la main. Elle est vêtue d'une robe brune légèrement décolletée.

Signé en bas, à droite, et daté : *1732.*

Toile. Haut., 74 cent. ; larg., 1 m. 60.

GRYF

46 — *Marchand de volailles.*

Signé sur une table, à droite.

Toile. Haut., 50 cent. ; larg., 55 cent.

GRYF

PENDANT DU PRÉCÉDENT

47 — *Marchand de légumes.*

Toile. Haut., 50 cent.; larg., 55 cent.

HEEMSKERK

48 — *Les Joueurs de cartes.*

A l'intérieur d'un cabaret, différents personnages sont attablés. Ici, ce sont des gens jouant aux cartes et d'autres les regardant; là, c'est un homme ivre affalé contre un mur; au fond, ce sont des buveurs autour d'une table. A droite, le cabaretier surveille ses hôtes de l'autre côté du comptoir. Çà et là, des tonneaux, des paniers, des cruches gisent épars.

Signé du monogramme à gauche.

Bois. Haut., 58 cent.; larg., 83 cent.

Cadre bois sculpté.

HEEMSKERK

49 — *Chanteurs.*

Bois. Haut., 24 cent.; larg., 24 cent.

HOUTEN (Van)

50 — *Les Joueurs de tric-trac.*

Signé en bas, à gauche.

Bois. Haut., 41 cent ; larg., 59 cent.

Cadre bois sculpté.

JEAURAT (Attribué à)

51 — *La Femme au brasero.*

Toile. Haut., 61 cent.; larg., 47 cent.

JORDAENS (École de)

52 — *L'Enfance de Bacchus.*

Bois. Haut., 45 cent. ; larg., 56 cent.

KODDE (Peter)

53 — *Les Joueurs de tric-trac.*

Quelques personnages sont réunis dans un salon. Deux d'entre eux, à gauche, jouent au tric-trac; l'un est assis et vêtu d'un superbe pourpoint rouge, son manteau, rouge aussi, est posé sur une chaise; l'autre est debout en face de lui ; deux autres hommes les regardent, prenant de l'intérêt à la partie. A droite, deux femmes chantent, accompagnées par un joueur de guitare.

Au fond, on aperçoit un tableau.

Signé au milieu, à gauche, sur une lettre.

Bois. Haut., 39 cent.; larg., 53 cent.

KONING (Ph. de)?

54 — *La Femme à la rose.*

Signé du monogramme et daté en bas, à droite : *1654*.

Toile. Haut., 76 cent.; larg., 63 cent.

KONING (Attribué à **Salomon**)

55 — *Le vieil avare.*

Toile. Haut., 71 cent.; larg., 57 cent.

LECLERC DES GOBELINS

56 — *Concert dans un parc.*

Au pied d'une fontaine, un jeune homme et une jeune femme font de la musique.

Toile. Haut., 56 cent.; larg., 66 cent.

Cadre bois sculpté.

LEDOUX (Mlle)

57 — *La Poupée.*

Une petite fille, coiffée d'un bonnet blanc, tient sur son bras droit une poupée ; de l'autre main, naïvement, elle lui offre deux cerises. Une autre poupée est debout, à droite.

Toile. Haut., 54 cent.; larg., 46 cent.

LE SUEUR

58 — *Saint Paul prêche à Enhesus, ville capitale de Janin, en petite Asie.*

Toile. Haut., 74 cent.; larg., 59 cent.

LOO (Attribué à Van)

59 — *L'Enlèvement de Proserpine.*

Pluton enlève Proserpine dans ses bras. Son char l'attend un peu plus loin.

Toile. Haut., 48 cent; larg., 36 cent.

Cadre bois sculpté.

LOO (École de Van)

60 — *Portrait de femme en Diane.*

Toile ovale. Haut., 72 cent.; larg., 61 cent.

Cadre bois sculpté.

LOUTHERBOURG

61 — *Le Départ du roulier.*

Le jour vient de se lever. Devant une auberge rustique, isolée dans la campagne, le roulier s'apprête à partir; une femme met dans la voiture ses provisions et ses bagages, aidée du roulier et de l'aubergiste. Le valet d'écurie, encore endormi, s'étire et baille. A droite, une mare et un bois.

Signé en bas, à droite.

Toile. Haut., 47 cent.; larg., 64 cent.

MIEREVELT

62 — *La Femme de David van Bosbeecq.*

Vue de face, sa figure, légèrement ridée, a une expression bonne et simple. Elle est coiffée d'un bonnet de dentelle et une vaste collerette plissée entoure son cou. Elle porte une robe de satin gris avec des dessins noirs.

En haut, on lit : *Ætatis suæ 52, A° 1627.*

Bois. Haut., 79 cent.; larg., 67 cent.

MIGNARD (Attribué à)

63 — *Portrait présumé de Mme de Sévigné.*

Elle est vue de trois quarts et richement habillée. De longues boucles brunes tombent tout autour de sa tête ; elle porte de grosses boucles d'oreille et un collier de perles. Sa robe, d'un rouge vif et éclatant, est largement décolletée et laisse voir ses épaules. Un beau pendentif tombe sur son corselet écaillé. Elle tient une couronne de fleurs de sa main droite.

Toile. Haut., 85 cent.; larg., 67 cent.

Cadre bois sculpté.

MURILLO (École de)

64 — *Jeune garçon plumant une poule.*

Toile. Haut., 78 cent.; larg., 96 cent.

NASON

65 — *Portrait d'homme en armure.*

Signé en bas, à gauche, et daté : *1775.*

Toile. Haut., 86 cent.; larg., 68 cent.

NASON

66 — *Portrait de femme.*

Signé en bas, à droite, et daté : *1775.*

Toile. Haut., 86 cent.; larg., 68 cent.

OSTADE (Van) ?

67 — *Intérieur de cabaret.*

Bois. Haut., 23 cent.; larg., 27 cent.

OUDRY

68 — *Le Coq et la perle.*

Signé du monogramme, en bas.

Toile. Haut., 32 cent.; larg., 24 cent.

PYNACKER

69 — *Paysage italien (figures et animaux).*

Au pied d'une vieille maison, en partie en ruine, passe un berger avec son troupeau, suivi d'un paysan conduisant deux ânes. Ils traversent le fossé plein d'eau. Au fond, un homme arrive par une vieille porte percée à travers le mur, qui laisse pénétrer quelques rayons de soleil. Au fond, une montagne dans la brume.

Signé en bas, à gauche.

Toile. Haut., 50 cent.; larg., 59 cent.

Collection Aug. Stevens.

RAOUX (Attribué à)

70 — *Jeune femme.*

Une jeune femme, légèrement drapée de jaune, apparaît dans un œil de bœuf.

Cadre en bois sculpté.

Toile ovale. Haut., 92 cent.; larg., 71 cent.

RAVENSTEIN (?)

71 — *Portrait d'homme.*

Toile. Haut., 67 cent.; larg., 57 cent.

RENI (Guido) ?

72 — *Une sainte martyre.*

Cadre en bois sculpté.

Toile. Haut., 79 cent.; larg., 62 cent.

RIBERA

73 — *Saint Jean-Baptiste.*

Il est assis, vêtu d'un grand manteau rouge et d'une peau de bête. De la main droite il tient un bâton. On aperçoit un mouton dans le coin, à gauche.

Toile. Haut., 1 m. 25; larg., 94 cent.

RIGAUD (Attribué à)

74 — *Portrait d'homme en armure.*

Il est vu de face, vêtu d'une élégante armure et repose sa main sur son casque. Un enfant le regarde, debout, à gauche.

Toile. Haut., 1 m. 38; larg., 1 m. 05.

RUBENS (École de)

75 — *Le Retour de César.*

Toile. Haut., 50 cent.; larg., 64 cent.

RUYSDAEL (Attribué à)

76 — *La Petite cascade.*

A l'intérieur d'un bois s'élèvent quelques beaux chênes; à gauche, coule une rivière formant une petite cascade, un homme et son chien la traverse sur un pont; à droite, un chemin avec quelques personnages et au fond, sur une colline, une grosse tour qui domine la plaine.

Toile. Haut., 82 cent.; larg., 1 m. 15.

Cadre bois sculpté.

SANTERRE (?)

77 — *Jeune femme chantant.*

La jeune femme, vêtue de satin blanc, chante tenant son cahier de musique à la main.

Toile. Haut., 80 cent.; larg., 65 cent.

TOBAR

78 — *Saint Antoine de Padoue.*

Toile. Haut., 1 m. 64; larg., 1 m. 08.

TOCQUÉ

79 — *Portrait d'homme.*

Il est debout, vu de face; son regard est ferme et assuré; il porte un élégant pourpoint gris, brodé d'or, qui laisse entrevoir son gilet bleu et sa chemisette garnie de dentelles. Son bras droit est replié, et sa main est passée dans son gilet. Il tient son bicorne sous son bras gauche.

Toile. Haut., 92 cent.; larg., 73 cent.

VELDE (École de Van de)

80 — *Marine.*

Bois. Haut., 30 cent.; larg., 39 cent.

VIALG

81 — *Portrait de femme.*

Signé en bas, à droite, et daté : *1728.*

Toile ovale. Haut., 93 cent.; larg., 77 cent.

WAGERS

82 — *Paysage, figures et animaux.*
Signé en bas à gauche.

Bois. Haut., 51 cent; larg., 43 cent.

---

83 — Sous ce numéro seront vendus les tableaux ou pastels non catalogués.

RED. :

16

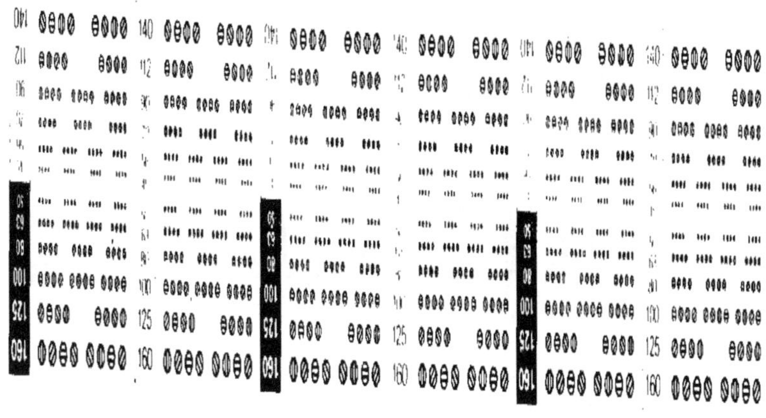

0 1 2 3 4 5 6 7 8 9 10

www.ingramcontent.com/pod-product-compliance
Ingram Content Group UK Ltd.
Pitfield, Milton Keynes, MK11 3LW, UK
UKHW021031260726
13994UKWH00005B/2075